ENCORE BLAYE.

—

ILLUSIONS : DÉCEPTIONS.

> Je pardonne de tout mon cœur à ceux qui
> se sont fait mes ennemis, sans que je leur en
> aie donné aucun sujet ; et je prie Dieu de
> leur pardonner, de même qu'à ceux qui ,
> *par un faux zèle ,* ou par un zèle mal en-
> tendu , m'ont fait beaucoup de mal.
> (Louis XVI.)

PARIS,

A. PIHAN DE LA FOREST,

IMPRIMEUR DE LA COUR DE CASSATION,

Rue des Noyers, n⁰ 37.

1833.

'Or vous qui parlez, qui écrivez, qui agissez pendant la crise de Blaye, vous vous faites responsables de l'issue, si fatale, peut-être.

De même vous qui, étant en titre, ne parlez pas, n'écrivez pas, n'agissez pas, vous vous faites aussi responsables.

Le droit sens, le sentiment pur est en faute de se tenir à l'écart; comme la passion noble ou ignoble, est en tort de se mettre en avant.

Si l'opinion vraie manque à s'élever, à démentir quelque coterie vaine ; la coterie se donne l'air, prend l'apparence d'être l'organe de l'opinion.

Et le pouvoir se laisse induire à la crainte, se laisse entraîner par la colère : ainsi reculant dans ses voies ;

Nous ne reconnaissons pas le pouvoir, dites-vous ?

En droit, fort bien : nul risque à se complaire en son idée.

Mais en fait, reconnus ou non, les coups portent, frappent, et tuent.

Qui donc est sous le risque ? non pas vous seuls, car il n'importerait guère.

Qui ? un être au moins haut de mémoire, même parmi ses ennemis : un être marqué au type d'Antoinette et d'Elisabeth, dont il fallut abattre la tête, tant elle en imposait.

Or, tous tant que vous êtes, si votre langage ou votre silence tendent à prolonger la prison d'amertume, à amener le terme de fatale délivrance : un mot seulement :

Vous êtes régicides.

Vienne ensuite le bourreau : de vous d'abord vient l'arrêt.

Qu'on se taise, ici : et là, qu'on parle.

Que toutes les voix s'unissent à la seule voix droite et pure, digne et noble, saine et sage.

Autrement, tous tant que vous êtes : vous êtes régicides.

Versailles, 3 février 1833.

« Une liberté sans exception, la seule vraie liberté. »
(*Général Lafayette*, 1831.)

« Il faut prendre un gouvernement tout entier. » (*Vicomte de Bonald*, 1817.)

La vérité éclate des deux pôles opposés.

Cependant, le monopole est partout; dans la presse, dans les collèges.

Le monopole, rempart honteux, dont se couvrent les minorités, qui tôt ou tard s'écroule sur elles.

Des charges infligées d'une part, et de la formule imposée de l'autre, résultent une presse fausse, une vaine tribune.

Ici, le silence : là, le mensonge.

L'opinion n'a point de foyer où se former : l'opinion n'a point d'organe pour s'exprimer.

La presse, tantôt l'étouffe, et tantôt la simule.

Astucieuse, audacieuse, elle parle à chacun, comme au nom de tous; et entraîne tous, en dépit de chacun.

Il n'existe qu'une ombre, qu'un fantôme d'opinion, né des jeux de la presse.

Le royalisme, à la fois sent et voit.

Une défaite eut lieu : une prisonnière reste. Il faut subir; il faut sauver.

Pendant que les auteurs de la défaite, se font les assassins de la prisonnière; lui qui ne s'accuse point du revers, n'aspire qu'à la mise en liberté.

D'abord le salut de la personne : veuille le ciel ainsi !

Puis, le retour de la race : s'il plaît au ciel toutefois.

Qu'on cesse donc d'écouter; ou même, dans l'intérêt du royalisme, qu'on fasse taire les feuilles du monopole.

Qu'on ne se laisse plus tromper, au point de les prendre pour les organes de son sentiment, de son opinion.

Eh ! bon dieu, aussitôt la princesse délivrée, ce sera l'heure de voir qu'il n'y a rien de commun entre eux :

Ici, la paix rentrant dans les cœurs : et là, le dépit de se voir enlever le canevas aux diatribes, troublant les esprits.

« Qu'on fasse taire *la presse* du monopole.

« Qu'on ne se laisse plus tromper au point de la pren-

« dre pour l'organe de son sentiment, de son opinion. »

Écrits de M. de Châteaubriand.

Nous marchons à une révolution générale : si la transformation qui s'opère suit sa pente, et ne rencontre aucun obstacle, si la raison populaire continue son développement progressif, si l'éducation morale des classes intermédiaires ne souffre point d'interruption, les nations se 'nivèleront dans une égale liberté ; si cette transformation est arrêtée, les nations se nivèleront dans un égal despotisme. Ce despotisme durera peu à cause de l'âge avancé des lumières, mais il sera rude, et une longue dissolution sociale le suivra. Il ne peut résulter des journées de juillet, à une époque plus ou moins reculée, que des républiques permanentes, ou des gouvernemens militaires passagers, que remplacerait le chaos. (*De la restauration*, p. 27)

Tout le monde dit en parlant de ce qui est : « Cela ne peut aller comme cela. » L'assertion serait juste, s'il s'agissait de la vie ; mais si ce que l'on prend pour la vie, est l'agonie, une lente gangrène ? Cela va, parce que le dernier moment n'est pas arrivé : le Bas-Empire mit quatre siècles à mourir.

Dans une société morbifique, les formes transitoires du gouvernement ont aussi, comme cette société même, une sorte de végétation animale entre l'être et le néant. La difficulté d'avenir que

nous éprouvons, l'absence de tout, l'essai mal-
heureux de tout, la dégénération de tous les ca-
ractères , la résistance molle de toutes les exis-
tences qui souhaitent rester comme elles sont
dans l'horreur du plus petit mouvement, sont des
misères de nature à prolonger notre état politique au-delà de sa force naturelle : différens
maux se neutralisent. La misère du pouvoir sera
pour lui peut-être une cause même de durée ; on
ne l'attaquera pas parce qu'il n'est rien ; on n'y
pensera plus; on oublie ce qu'on méprise. (*Du
Bannissement*, p. 44.)

Nous ne sommes pas comme il le semble à plu-
sieurs, dans une époque de révolution particu-
lière, mais à une ère de transformation générale :
la société entière se modifie. Quel siècle verra la
fin du mouvement ? Demandez-le à Dieu. Les
générations advenues dans ces périodes, comptent
pour rien, ou plutôt elles sont enfouies comme
matériaux bruts dans les fondemens de l'édifice :
sur leurs débris s'élèvera le nouveau temple.

La Providence a voulu que ces générations de
passage, destinées à des jours immémorés, fussent
petites afin que le dommage fut de peu. Aussi
voyons-nous que tout avorte, que tout se dément,
que personne n'est semblable à soi-même, et n'em-
brasse toute sa destinée , qu'aucun évènement ne
produit ce qu'il contenait, et ce qu'il devait pro-
duire. Les hommes supérieurs de l'âge qui ex-
pire, s'éteignent : auront-ils des successeurs ?

Les ruines de Palmyre aboutissent à des sables.
(*Sur la Captivité* , p. 20.)

Extraits du Correspondant.

Sachons profiter des leçons que la Providence nous donne ! Reconnaissons et expions nos fautes. Nobles, prêtres, royalistes, catholiques de toute nuance, mettons la main sur la conscience ; scrutons la sévèrement, au lieu de nous rejeter toujours sur les torts de nos adversaires. Etait-ce bien pour le bonheur du pays , pour l'affermissement de la justice et de la paix, que nous voulions voir la royauté si puissante ? Ou bien n'était-ce pas surtout pour qu'il en découlât sur nous quelque chose ? Beaucoup d'entre nous ne s'étaient-ils pas corrompus dans les intrigues, les plaisirs et les vanités ? L'avidité, l'égoïsme, ne s'étaient-ils point glissés parmi nous ? Voici que le temps est venu de recouvrer les vertus qui nous manquaient, le désintéressement, l'esprit public, le patriotisme. L'honneur nous défend d'aller mendier les faveurs de ceux qui ont renversé le pouvoir que nous aimions ; il nous tiendra loin de la cour, en dehors du gouvernement, mais non dans l'oisiveté d'une vie inutile.

Notre devoir et notre intérêt nous font aujourd'hui les hommes du peuple ; étrangers à l'ambition et à ces illusions, nous pouvons juger les questions de chaque jour avec plus de droiture et de fermeté. La justice , l'humanité, la liberté , la religion , intérêts sacrés de tous les hommes, voilà ce que nous sommes appelés à défendre contre tous les partis, contre tous les gouvernemens. C'est ainsi que le peuple apprendra à nous connaître, et à nous mieux juger : et quand il aura vainement cherché le bonheur et le repos dans toutes les combinaisons de l'anarchie , il viendra de lui-même à nous pour que nous le sauvions : et nous pourrons le sauver, nous pourrons le régénérer : car nous serons régénérés nous-mêmes. (*Mai*, 1831.)

Les uns attendent une restauration prochaine , qui rendra à la famille de nos rois, le trône de ses pères, et la plénitude de sa puissance, son budget d'un milliard, sa cour et la disposition des pairies et des préfectures. Ces hommes se persuadent très sérieusement que toute la France, même Paris, se ralliera au panache blanc, par la même raison qu'ils crurent que Charles X n'avait qu'à monter à cheval pour triompher de tous les obstacles , et pour faire rentrer dans l'abîme , l'hydre révolutionnaire.

En vain leur objecteriez-vous que la France est corrompue jusqu'à la moëlle des os , et que dans une société corrompue , il n'y a pas plus de restauration que de république possible ; qu'une royauté n'est forte qu'autant qu'elle est l'expression des sentimens et des croyances religieuses et sociales des masses ; et qu'en France , les croyances religieuses sont altérées , les croyances sociales encore davantage peut-être.

On ne vous répond pas ; mais l'on hausse les épaules , et l'on vous soupçonne véhémentement de penser mal. La *Quotidienne* n'est-elle pas là , affirmant qu'il suffit de ne rien faire pour réussir ; et de ne pas aller aux élections, pour assurer l'avenir de la France , et le triomphe du principe monarchique? (*5 juillet.*)

Feuille hebdomadaire de Berlin. (Quotidienne , 21 *janvier.*)

Il était impossible à cette héroïque et royale dame, arrivant dans la France d'aujourd'hui, sans point d'appui pour ses partisans, sans espérance de secours étranger, de lutter avec succès, contre un ordre de choses qui trouvait son plus sûr soutien dans la masse des indifférens ; qui par leur nature même doivent poursuivre avec le courage que donne la peur, tout ce qui trouble l'ordre une fois établi ; et dans lequel ils espèrent rencontrer, sans s'embarrasser du principe et du droit des gouvernemens, ce qui fait l'unique objet de leurs désirs et de leurs besoins, la tranquillité et la sûreté matérielle.....

Les royalistes se trouvent dans une position désavantageuse sous ce rapport que chaque pas qu'ils font pour se rapprocher de leur but, et chaque moyen qu'ils emploient, est nécessairement un crime direct ou indirect contre l'ordre actuel des choses, et menace en outre du plus grand danger la cause de la royauté elle-même en France...

L'histoire de la première et de la seconde révolution française, montre que jamais conspiration tramée par les partisans de la légitimité n'a réussi ; ce qu'il faut attribuer en grande partie à ce que la cause de la justice s'accommode mal de l'immoralité qui se rattache à une conspiration ; tandis que d'un autre côté, son succès serait du plus grand danger pour le trône que l'on aurait rétabli....

La *Gazette de France* a formé un vaste plan pour régénérer la France à l'aide du vote universel. Mais on ne saurait douter que ce moyen mis en usage dans l'état actuel de la France, ne dut amener la dissolution de l'Etat, et une complète anarchie. D'ailleurs les tentatives que l'on ferait pour le réaliser retomberaient dans la catégorie énoncée plus haut, des conspirations...

Le parti royaliste n'a que deux alliés, mais d'une fidélité à toute épreuve, c'est le *temps* et la *faiblesse* de ses adversaires. Le cours naturel des évènemens, doit tôt ou tard dissiper le brouillard de préjugés que la faction libérale a su faire naître contre le principe monarchique, non-seulement en France, mais encore dans toute l'Europe.....

Les royalistes peuvent donc en toute confiance se reposer sur la puissance du temps et de la vérité : ils peuvent être certains que la tranquillité même favorise leur cause, et qu'il n'y a rien qui mine plus sûrement le pouvoir des faux prophètes du libéralisme. La tranquillité facilite

la réflexion impartiale; la réflexion fraie la route
à la saine logique.

Extraits de l'Invariable : Fribourg.

A l'égard de la presse dite légitimiste, nous le
disons, l'ame profondément émue; le dévergou-
dage de ses pensées, ses railleries, ses sarcasmes
sur tout et à propos de tout, le peu de stabilité de
sa polémique; la source souvent impure et le
manque de bonne foi, quelquefois même de pu-
deur et de justice de ses narrations; sa cons-
tance aveugle, son entêtement niais à ne voir de
restauration que dans des assemblées plus ou
moins nombreuses; sa jactance enfin, son orgueil
prodigieux qui lui fait répéter sans cesse qu'elle
seule sauvera le monde, qu'à elle seule il appar-
tient de renouveler la France : oui, toutes ces illusions et toutes ces fautes, tous ces erreurs et
tous ces crimes, tout cet aveuglement, ont plus
contribué que les attentats même de la presse libérale, à prolonger indéfiniment nos malheurs....
Croyons-nous que ce soit en remplissant chaque jour deux colonnes de journal, d'épigrammes,
d'invectives contre l'instrument dont Dieu se sert
pour nous humilier et nous punir, que nous le
briserons? Croyons-nous que ce soit en insultant
la foudre et la tempête, qu'on les repousse, et
qu'on échappe à leurs coups? Croyons-nous que
l'animal qui s'emporte contre la pierre qui l'a
frappé, la mord et la ronge, soit bien intelligent?

Croyons-nous que ce soit en envenimant chaque jour nos plaies que nous les guérirons, en épaississant les ténèbres, que nous ferons la lumière ? Regardons, et voyons à quoi ont abouti toutes les théories, toutes les réflexions, toutes les libertés , toutes les licences du journalisme légitimiste parisien?....

La presse libérale tout entière s'est unie à la presse légitimiste, pour avilir le soi-disant pouvoir élevé par elle, et le poursuivre sans relâche de son ardente logique et de ses accablantes révélations. L'ignominie et les turpitudes des gouvernans , et par conséquent la honte des gouvernés , depuis les habitans des Tuileries jusqu'au dernier adjoint de village , ont été mises à nu et étalées aux regards de la France et de l'Europe. Et cependant qu'en est-il résulté ? Les gouvernans qu'on voulait renverser ont affermi leur domination; toute l'Europe secouant la tête, a insulté par un sourire amer, à notre humiliation ; l'anarchie s'est étendue partout, plus désastreuse, plus dissolvante que jamais. La sublime témérité d'une mère a échoué même dans l'héroïque Vendée ; le despotisme a appesanti son droit du sabre sur tous les partis qui ne veulent plus du droit divin; enfin Dieu semble s'être retiré de nous, et jamais espérance de restauration n'a paru plus difficile et plus éloignée.

Certes, voilà de quoi penser.

Inutile de rien dire de plus , et à ceux qui en sont capables, et à ceux qui y sont ineptes.

Peut-être même ces foudroyans passages, portant l'arrêt d'anathême , n'eussent jamais été publiés , sans les circonstances de Blaye.

Car, si c'est sans crainte aucune , ce n'est pas sans quelque peine , qu'on se décide à rompre en visière, vis-à-vis cette disposition presque générale des esprits , qui se décore du titre d'opinion royaliste ; bien qu'elle se soit formée instinctivement, et non rationnellement.

Car surtout, si c'est sans scrupule de conscience, ce n'est pas sans scrupule de sentiment, qu'on se résout à frapper de la plus triste lumière , des cœurs qui restent religieusement attachés à l'antique objet de leur culte ; des cœurs qui auront à ressentir, non pas des remords , mais les plus amers regrets.

Encore , jusqu'au 7 novembre , il ne s'agissait que des destinées de la société française : sujet prééminent à tout autre sans doute ; mais aussi sujet dépendant d'une telle complication d'évènemens , qu'à peine l'action de l'homme , en droit ou en faux sens , doit influer en une façon sensible.

De sorte, que presque seuls, le devoir moral

et l'honneur personnel obligent à lui consacrer toutes ses forces , à consommer le plus grand sacrifice.

Mais bien autre chose est apparue , au sein du sinistre , du funèbre chaos.

Rien moins que l'existence d'ineffable prix , lancée par un coup de foudre , chargée de périls sans nombre , balottée entre les partis , enfin froissée et brisée en tout sens.

Existence de telle nature , que fort au-dessus de l'intérêt infini qui s'attache à l'être , à la personne , un intérêt plus transcendant encore, y est enchaîné : l'intérêt du renom de la France , et parmi l'Europe contemporaine , et devant l'éternelle postérité.

Que dire partout ailleurs, que dire à tout jamais , alors que femme et mère et reine hier, à l'appel des craintes les plus ignobles, dans l'oubli de tout sentiment généreux , aurait péri peut-être, aurait failli périr au moins ; et là même , où elle s'était mariée , où elle avait enfanté , où elle aurait régné.

Or c'est à quoi , sans le désirer d'aucun bord , on travaille de tous les bords.

Les ennemis, les amis , fort éloignés de s'entendre dans leurs desseins , s'accordent toutefois vers la même fin : ceux-là retardant à mettre en liberté par la crainte du parti qui les protège ; ceux-ci parvenant à les en écarter encore, par la crainte du parti qui les attaque.

Quant aux premiers, assaillis de toutes parts, et dénués d'armes de défense, rien n'étonnerait davantage, que l'intérêt et le devoir cette fois ralliés, fussent compris par eux.

Pour cela, il faudrait un grand cœur, un grand sens; choses qui ne sont plus de ce monde.

Faites front. Cette nuée d'insectes éblouissans, étourdissans, ne tient pas devant un regard.

Tenez ferme. Sauf qu'on ne vacille de soi-même, tant de coups portés de droite et de gauche, n'ébranlent nullement.

Marchez droit. Justement sur la ligne à suivre, les forces des deux partis opposés entr'eux, n'atteignent qu'épuisées de l'effort, et se neutralisent par leur choc mutuel.

Peur de droite, peur de gauche en même temps excitent les plus sots à bafouer, et les plus lâches à braver.

Qu'on le comprenne enfin. Samson aurait emporté tout d'abord les portes d'airain; et Samson, fût-il triple en force, n'eût pas soutenu long-temps les mêmes portes détachées de leurs gonds.

Mais ici, il n'est question que des amis.

Qu'ont-ils fait déja? que font-ils encore?

Deux d'entr'eux, se croyant en titre apparemment, ont pris l'initiative, trop certains d'entraîner à leur suite, les moutons de Panurge.

« *Septembre 1832.* Nous dirions à MADAME : Ne quittez pas la France, sachez attendre. »

« *Novembre 1832.* Que ferez - vous ?..... La

renvoyer ! elle reviendra : nous l'avons déja dit. »

Et notez que l'homme aux conseils n'imaginait même pas , d'aller offrir ses secours , en rejoignant l'héroïne dévouée.

Notez que l'homme aux menaces n'imaginait pas non plus, d'entrer au partage des fers , en les rivant ainsi sur l'illustre captive.

Suivons les malencontreux erremens.

L'étincelle électrique est lancée de Paris, et se propage d'anneau en anneau, le long de l'immense chaîne des passions généreuses et égoïstes, à cette heure fondues ensemble.

Si l'ame avait parlé seule ; si les sentimens purs, les vraies douleurs, les espoirs timides, avaient seuls découlé de la plume : nul ne s'irritait; chacun s'attendrissait.

Mais l'ame se tient coi en l'asile des larmes : mais tout autre mobile , puise à la source amère , et verse à longs flots, le fiel.

Le plus souvent, l'exacerbation dicte le texte, et le livre à l'exaltation.

Parfois même, l'ambition , la vanité s'ingèrent dans la question de vie et de mort; et si froides , si sèches qu'elles sont , tentent de se faire de la gloire, aux périls de la personne sacrée.

Presque partout, la direction étant laissée à la merci des faiseurs, on voit prédominer les sentimens de haine, de colère, de vengeance même.

Or qu'on songe, comment ces lauriers peu coûteux à recueillir, vont distiller le poison dans les veines de l'opinion influente, et du pouvoir régissant.

Quant au pouvoir, il y a presque à l'honorer pour son impassibilité, pour sa mansuétude.

Probablement il croit avoir le droit : car quel est l'être à face humaine, qui ne voie le droit où il voit l'intérêt.

Certainement il se sent avoir la force.

Et cependant il laisse dire, ou faire par écrit : sauf quelques cas, où l'idée vaine de légalité le fait sortir de sa ligne habituelle.

Oh! que le pouvoir se montrait grand, se mettait grand, si fermant l'oreille comme il fermait les yeux, le cœur lui fût venu d'agir néanmoins, de même qu'il eût agi à défaut.

Que le pouvoir se faisait fort, en passant dédaigneusement, entre le flot d'outrages du bord royaliste, et l'écueil de reproches du bord libéral; pour se rendre à justice, à prudence.

Mais soit de lui-même, soit de tout autre, comment l'attendre?

Quant à l'opinion, l'effet était immanquable.

Pauvres gens, dont le bout du nez donne le rayon de leur cercle intellectuel ; vous vous entendez quelques-uns, et vous n'écoutez nuls autres ; et vous vous forgez de vous seuls, *un tout le monde.*

Ainsi vous exaltant à part, vous absorbant en vous-mêmes, la foi vous vient, foi intime, intuitive, que tout homme ressent ce que vous sentez.

Certes, se dit la foi, les cœurs généreux ne font qu'un, sont unanimes en respect, en amour pour la princesse.

Que répondre à la foi ?

Hélas ! c'est elle-même, trop impétueuse, trop présomptueuse, dont les accens hautains ont refoulé, prêts à poindre, des sentimens, non pas à un tel point, mais de même sorte.

Oui, au moins hommage à l'héroïsme, au moins intérêt pour l'infortune, naissaient chez quiconque n'était pas de nature brute ou brutale.

Or, si ce n'est la crainte, la haine et la colère ont causé l'avortement.

Vous vous faites une arme de guerre, du sort de l'être sacré : vous vous faites de la noble personne, un gabion au-devant de vos manœuvres.

Aussi, l'œil tourne autour de la princesse, et la laisse à l'écart, et saisit en arrière, le parti hostile.

Plus de salut dès-lors : son salut serait le signal de la perte.

Tu pâtiras, tu périras, auguste victime, sous le contre-coup des tentatives inconsidérées.

« Tes ennemis n'ont qu'à t'achever : ce sont tes amis qui t'assassinent. » (*Sainte-Hélène: Blaye*)

Dans le mouvement royaliste, sauf le clergé qui a eu le bon esprit de ne pas intervenir, en tête apparaît la noblesse, accompagnée de quelques âmes du vieux temps, suivie d'une foule de gens du peuple.

Et pour l'homme, alliage de haine, d'envie, de défiance ; la noblesse est le point de mire obligé de tant de passions.

On n'aurait pas le cœur d'achever la princesse, seule s'offrant en face ; même en l'achevant, par instinct on détourne la tête.

Jadis, les coups dirigés contre la noblesse seule, rencontrant la royauté, l'ont renversée : à présent, le coup fatal qui frappe la princesse, est porté dans la vue d'atteindre la noblesse, au point le plus sensible.

Il semble qu'achever l'une, ce soit écraser l'autre.

Le sacrifice en est-il fait? Ainsi que dans la première révolution, faut-il qu'une tête royale soit dévouée, en hommage aux dieux infernaux, comme pour se les rendre propices?

Eh bien! à quarante ans de distance, l'offrande impie, de même sera agréée, de même sera ré-tribuée.

En 1790, les mots ne disaient rien : en 1833, les faits ne parlent pas (1).

---

(1) « Je demande : n'est-il pas facile à la haine ; à la co-lère d'exciter les passions du peuple , et de ruiner, d'anéantir ces ordres indomptables ?

« Je demande : n'est-il pas possible à la vengeance de franchir les marches du trône, et de s'assouvir au plus haut lieu ?

« Eh! avez-vous une ame ? » (*Ecrit de 1790.*)

Point de doute ; la juste rétribution aura lieu toute pareille.

Le crime fait la honte et non pas l'échafaud.

C'est ainsi, pour le philosophe : c'est le contraire pour le peuple : la peine seule le frappe : à son sens, à son sentiment, ainsi que le succès fait le mérite, la peine aussi fait la honte.

Voyez déja, comme il se laisse prendre aux insultes, aux outrages, aux infamies, provenant on ne sait d'où, et se répandant partout.

On ne sait pas assez, quel charme indicible est éprouvé par les basses classes, à relancer jusqu'au faîte, le mépris déversé sur elles.

Non-seulement la personne royale, mais encore la race royale, mais l'essence royale même, est abaissée, ravalée.

Jusqu'au prince régnant que le trône ne préserve pas, en reste entaché ; si bien que nul autre n'a autant d'intérêt à y mettre un terme.

Puis, voyez au-delà, plus loin.

Un jour fut aussi, où cette même nation, mi-partie abusée, mi-partie exaspérée, se laissa enserrer d'une chaîne si rude, qu'un noble mouvement fut impossible, lors du 21 janvier 1793.

Et voilà que vingt pénibles et cruelles années ont eu à passer, avant que les destins se soient permis de relever le trône abîmé dans un tel sang.

Vienne une autre catastrophe, moins hideuse sans doute, toutefois plus honteuse ; de même non voulue, de même soufferte et subie.

Et voilà encore, qu'un sentiment instinctif, issu du reproche que souffle le passé, allié aux craintes que porte l'avenir, se met en travers, et des vœux renaissans, et des seuls espoirs restans.

En vain, l'expérience, la prévoyance rappelleraient l'ancienne royauté : au-devant d'elle, se précipite la répugnance, plus puissante mille fois.

Quand la conscience ne se pardonne pas, comment croire que la vengeance pardonne ?

De là, la fervente espérance, la morne inespérance ont une seule, une même ligne à suivre ; la ligne droite du salut.

Même, celle-là y est plus contrainte, se croyant rendue à ses fins, et n'ayant plus qu'à éviter des obstacles nouveaux.

On fait le contraire : on agit de plus en plus mal.

Ne parlons pas de la succession de tentatives, généreuses en intention, fatales en résultat, des hommes les plus respectables (1).

---

(1) « Pourquoi rompre le silence, peut-on dire, si ces efforts sont *inutiles* ? Pourquoi ? parce qu'en présence d'une grande infortune il y a *une complicité du silence* qui pèse sur l'ame, et qu'il y a un noble devoir qui sollicite à la repousser. » (*Réclamation des anciens magistrats.*)

Triste méprise. On se trompe, de la conscience à la gloire, et du devoir à l'honneur.

Gloire et honneur n'attiennent qu'à l'homme : conscience et devoir dérivent de la société.

L'homme n'a pas droit de se complaire, si la société doit en pâtir.

Mais comment se laissent-t-ils entraîner par des influences étrangères !

Tout vient de la presse périodique.

Pour garder ses pratiques, et pour en attirer, c'est son métier d'amuser les uns, de flatter les autres; là, excitant l'attention ; ici, exaltant les passions.

La politique lui est un sujet ; tantôt à fournir contes et historiettes; tantôt à forger du drame, du roman.

On serait mal venu à lui dire que ses erremens ne tendent qu'à serrer autour du trône de juillet, quiconque tremble devant les crises prochaines, ou répugne à l'arbitraire futur;

Qu'ils n'aboutissent qu'à rendre presque impossible, le maintien du régime présent, et bien plus impossible encore, le retour de l'ordre ancien.

Il ne suffit pas, ce semble, *que l'édifice actuel aille crouler ; il faut aussi que l'enfant du miracle ne puisse sortir des ruines.* (*Sur la captivité.*)

Des autorités incontestables l'ont dit plus haut.

On est déja fort mal venu à lui dire et redire, que chaque goutte d'encre dont s'imbibent ses colonnes, tourne en une goutte de sang qui se fige sur les murailles de Blaye.

Or, tout porte coup : les efforts, s'ils sont inutiles, deviennent funestes.

Osons le dire à ces nobles êtres : le silence n'était complice que du salut.

(23)

Quelque délire, quelque vertige l'a saisi.

Parfois des complaintes, souvent des bravades, toujours des insultes, des menaces (1).

Par des prières, Dieu garde de reconnaître la force : avec des conseils, à Dieu ne plaise d'éclairer l'ennemi.

Cependant parmi les hommes, il n'existe que trois modes de relations : l'état de paix, de guerre, de trève.

Certes, on n'est pas, on ne sera pas de long-temps en paix, tant les rapports manquent.

Comme aussi on n'est plus, on ne sera plus avant du temps, en guerre : tant les moyens manquent.

Alors, bon gré, malgré, existe l'état de trève.

Alors, c'est le moment d'opérer l'échange, de régler la rançon des prisonniers.

On ne veut pas de cela : on n'entend pas à cela.

Si le vainqueur est le plus fort, le vaincu sera le plus fier : si le fait se trouve tout-puissant, le droit se maintiendra intact.

Du reste, advienne ce que pourra : sans doute prison sans terme ; peut-être mort de langueur.

---

(1) Double exemple. A peu de jours de distance, c'est une élégie romantique sur la pauvre malade ; et c'est cette sentence foudroyante :

« Du reste, la princesse ne s'est pas démentie un seul instant. » (*Gazette*, 30 janvier.)

Et tout est perdu : oui, fors l'honneur.

En somme, à extraire la quintescence de tout ce qui s'écrit, on n'obtient que ceci : *Dame, il faut mourir*.

Eh bien! tel que tu sois, ayant ou n'ayant pas le droit, question oiseuse pour l'instant; toi, qui en tout cas es pouvoir, tant que tu as pouvoir; n'écoute rien d'eux, entends tout d'un autre.

Car ici seulement, c'est l'ame affligée, éclairée qui parle.

Ici, tour-à-tour on te blâme, on te loue, on t'honore même, suivant tes actes : et toujours on te conseille en vue des périls du pays.

Voilà, et en cela rien n'étonne, que la crainte t'a été inoculée par l'influence de tant de manœuvres subreptices.

Au moins le doute, agite tes esprits, au sujet de l'immensité du parti adverse.

On a tenté de faire peur, ou pour se donner quelques menus plaisirs, ou pour amener à rendre la liberté.

On a réussi au-delà de toute espérance, justement à ce point de contraindre à éterniser l'emprisonnement.

Delà, les discours des ministres au 5 janvier : l'un représentant cent mille hommes autour du tribunal; l'autre en réclamant autant pour l'escorte.

Delà, ces paroles du garde-des-sceaux, le 28 janvier.

« L'orateur voudrait-il qu'on eût laissé la duchesse de Berry perpétuer la guerre civile dans la Vendée!.... Sa réclamation pour la liberté de la duchesse de Berry, quand on sait l'usage qu'elle en fait, pourrait être traduite ainsi (1) : »

Mais la guerre civile, à parler vrai, n'a point existé, n'existe plus, n'existera jamais (2).

---

(1) Les *Débats* du 30 janvier prennent la charge du commentaire :

« Le but de ces messieurs est d'établir que madame la duchesse de Berry ne peut être retenue ; c'est-à-dire, pour parler net, qu'elle peut venir faire la guerre civile tant que bon lui semblera. »

Quelle guerre vraiment civile, puérile et honnête ! Sa compagne en avant-garde ! Son chevalier aux bagages ! Elle-même pour corps de bataille ! Du reste, rien.

« S'il existe au monde, une personne qui ait le droit de nous faire la guerre, sans que nous ayons le droit de lui ôter les moyens de nous la faire, le plus court est de mettre sans retard cette personne sur le trône. »

Au lieu de *droit*, lisez *pouvoir* : erreur typographique.

Et sans retard, prenez le plus court ; mettez sur le trône Nicolas le Bon : car, certes, ni droit, ni pouvoir ne vous sont donnés de lui ôter les moyens de vous faire la guerre.

Vraiment, en 1793, la rhétorique se mettait plus en frais qu'en 1833, pour aboutir à des fins peu dissemblables.

(2) Pendant le séjour de la duchesse en Vendée, on n'y a vu ni une armée, ni un régiment, ni une compagnie : quelques troupes de réfractaires, quelques bandes de vagabonds, voilà l'armée ; des pillages et des assassinats, voilà les exploits. » (*Courrier français*, 10 janvier.)

« La présence de la duchesse a pu soulever quelques ré-

Mais l'usage qu'elle a fait de sa liberté, donne la garantie certaine qu'elle n'en fera plus le même usage.

Ainsi on recule devant les ombres du passé : on se jette dans le gouffre de l'avenir.

Point de paix solide en Europe, point de calme durable en France, tant que les verroux de Blaye se fermeront sur la princesse.

Et s'ils venaient à s'ouvrir à l'ordre de la Parque, à jamais ni tranquillité d'ame, ni sécurité d'existence.

Ici, honte au blâme, et opprobre au reproche : si tant est qu'il y eut être assez lâche ou assez traître pour oser.

Mon Dieu, mon roi, ma dame, disaient les anciens chevaliers.

Ma Dame, s'écrie tout loyal royaliste.

Seule à souffrir : seule à sauver. Horreur à qui amena le péril; honneur à qui apporte le salut (1).

---

fractaires et quelques pauvres paysans; a bien pu servir de prétexte à la réunion de nombreux malfaiteurs : mais n'a pas même réussi à mettre cent hommes en ligne, et à organiser régulièrement le moindre petit corps militaire. » (*Journal du Commerce,* 11 janvier.)

(1) « Si l'illustre veuve du duc de Berry a cru le moment venu de ressaisir pour son fils la couronne, c'est que des rapports mensongers lui ont présenté un parti puissant. Ils sont coupables envers la France, ceux qui ont ainsi abusé

Or, c'est toi, pouvoir ennemi, qu'il y a à implo-
rer, à invoquer , alors que les amis ne cessent de
conjurer la perte.

Pouvoir ennemi, sois juste et sage à la fois.

Juste ! car de quelque titre que tu sois dé-
coré, pas moins c'est le titre même dont elle fut
investie.

Car, quand le droit serait pour toi à présent,
pas moins le fait consacré par le temps était et
serait sans toi, à elle.

Eh ! n'y a-t-il pas quelque milieu entre le trône
et le cachot ?

Sage ! car libre de crainte, dédaigneux de réti-
cence, il faut te dire que la plus belle chance à
offrir jamais par le sort, se livre à ta merci :

Mets en liberté : et l'Europe te porte foi.

Mets en liberté : et la France rentre en paix.

Mets en liberté : ainsi quant à l'opposition libérale, tu te montres, tu en imposes.

---

cette princesse, qui l'ont livrée au sort le plus cruel, qui
ont compromis sa cause , et appelé sur le pays d'immenses
malheurs...........

« .... S'il était des intrigans qui eussent compromis
des gens d'honneur en se tenant eux-mêmes à l'abri du
danger, ne serait-il pas permis de les flétrir ? Faudrait-il
épargner des hommes qui, croyant que quelque jour , la
la restauration inévitable surgirait de quelque circonstance
imprévue, voulaient s'assurer du pouvoir et de l'importance,
ce jour venant. » (*De la Vendée, par M. le vicomte de Le-
zardiere.*)

Sans qu'il y ait même fort à craindre de ce bord, d'après le silence du plus grand nombre de ses organes, d'après l'assentiment d'un des plus renommés (1).

Mets en liberté. Ainsi quant à une certaine opposition, tu trompes les calculs, tu déjoues les espoirs, tu coupes court aux tentatives.

Non sans renvoyer la honte à sa charge ; non sans mériter l'éloge à son refus.

Quel spectacle à donner au monde !

D'un bord, l'adversaire généreux ou seulement équitable, car il n'y a pas de péril, relève le vaincu et le laisse libre.

---

(1) « Eh ! bon dieu ! pourquoi tant de scrupules ? Le gouvernement a beau faire, il ne peut pas garder éternellement sa prisonnière : cette captivité devient plus odieuse, plus embarrassante, à mesure qu'elle se prolonge : il faut qu'elle ait un terme. Puisqu'elle ne peut pas finir par des motifs puisés dans la loi, il faut qu'elle finisse par un prétexte ou par un caprice. Tout le monde prendra son parti sur le prétexte ou sur le caprice. La citadelle de Blaye ne peut pas rester érigée en Bastille.

« Le plus tôt qu'on en finira sera le mieux. On ne doit pas regarder à quelques mensonges, à quelques subtilités de plus, pour se débarrasser de ce fardeau importun, et pour rendre libre, sans le concours de la loi, celle qu'on a retenu captive en violant la loi. Il n'y a eu que honte et mépris à recueillir de cette captivité à la turque. C'est probablement aussi ce qu'on recueillera des moyens employés pour y mettre fin : mais au moins ce sera fini. » (*Courrier français*, 27 janvier.)

De l'autre bord, des fidèles, s'il faut les en croire, insensés ou étourdis, attirent et retiennent, puis compromettent et perdent, la mère de leur roi.

Mets en liberté : et tu te fais roi, autant qu'il y a moyen en ce jeu périlleux, de se donner des chances propices.

Mets en liberté : et tu arrêtes au moins, tu enchaînes l'inimitié stupéfaite.

Entends-le bien : en jetant de côté les vaines phrases de journal, et allant droit au cœur de l'immense majorité des royalistes, il n'est qu'un seul vœu, à la fois dicté par le sentiment, par la raison.

Et le vœu étant satisfait, bien que la volonté y répugne, instinctivement s'ensuit la reconnaissance.

Mets en liberté : au plus vite, aussitôt même.

Elle languit, elle périt, vous dis-je. Cela, que les maîtresses feuilles se sont bien gardées de répéter, était certain en prévoyance, devient certain en réalité (1).

____

(1) Les signalemens ministériels ont annoncé l'amaigrissement de son corps, ont constaté des traces d'ophtalmie chronique : et voici que les bulletins de Blaye font connaître qu'elle est tourmentée par une toux opiniâtre, qui persiste, qui augmente.

Déja elle avait été saignée deux fois à cause d'une irritation produite par les fatigues. Je me rappelle que le docteur

Pourquoi faut-il que le gouvernement s'abuse à ce sujet ?

« Le préopinant vous a dit que la ville de Blaye était un séjour insalubre. Tout le monde au contraire sait que c'est un lieu parfaitement sain, dans lequel il n'a jamais existé d'épidémie.» (*Ministre de l'intérieur*, 28 janvier.)

Ainsi, partout, en tout, on se paie de mots, on paie avec des mots.

Ce ne sont qu'abstractions, que généralités, qui ont un nom dans le dictionnaire, qui dans la nature n'ont pas l'être.

Séjour insalubre : lieu parfaitement sain. Epithètes représentant le plus grand nombre des cas, et s'appliquant au plus grand nombre de personnes.

Certes, plus que toute autre ville, Blaye est à l'abri des épidémies, de sorte humorale et putride, typhus, peste, fièvre-jaune, etc....

Laënnec, son médecin, s'était montré à moi préoccupé de certaines prédispositions maladives qu'il avait cru reconnaître chez elle.

Les mois d'hiver à Blaye, dans une prison glacée par les vents les plus vifs et les plus pénétrans, mettent MADAME dans la position la plus défavorable. L'histoire des maladies des lieux a prononcé.

Je défie qu'on nous montre un médecin honnête qui ne déclare avec nous qu'il est urgent que cette Française née à Naples, puisse, sans délai, respirer un air aussi doux que l'air natal. (*Lettre du docteur Guilbert*, 6 janvier 1833.)

Certes aussi, plus que nulle autre ville, Blaye est sous le coup des maladies, épidémiques ou non, du genre nerveux et inflammatoire.

Quoiqu'en disent les feuilles menteuses, établissez à Blaye, le quartier général de l'armée ; le chef-lieu des hôpitaux et des prisons : c'est garder ou sauver la vie.

Mais, que si vous osez y renfermer, l'être le plus équivoque de constitution physique, et le plus irritable de prédisposition morale ; l'être né sous le climat de Naples, né d'une souche peu vivace, né avec une poitrine délicate.

Point de phrases : c'est donner la mort.

Le coup de fusil, le coup de massue, atteignent, abattent, achèvent sur l'heure.

Ici, le coup est de même mortel : et seulement fait languir, laisse périr.

Allez plutôt, vous dont la politique pusillanime, la confine entre quatre murs : et menez ceux-la dont la politique machiavélique, n'aspire, ce semble, qu'à faire sceller sur elle, les portes du tombeau.

Voyez les uns comme les autres : voyez ces cheveux qui blanchissent, ces joues qui maigrissent, ces lèvres qui se dessèchent, ces yeux qui s'éteignent, ce visage plombé et sillonné de rides hâtives.

Ecoutez les uns comme les autres : écoutez cette toux sèche, cassante, continue ; avant-coureur ordinaire de la phthisie organique.

Voyez, écoutez.

Cela fait, vous dits ses amis, il vous faut jeter votre plume mortifère, et vous voiler la tête de deuil; et vivre encore s'il se peut, mais pour le remords au-dedans ; pour la honte et la haine au dehors.

Et vous, dits ses ennemis, il vous faut, non sans être bourrelés de repentir, non sans être assiégés de terreur, briser les portes de perdition, ouvrir les voies d'espérance, conduire en l'asile de repos.

C'est, ce sera le refrain éternel :

Amis, ennemis, plaît-il donc de mettre à mort, une Bourbon de plus?

DE L'IMPRIMERIE D'A. PIHAN DE LA FOREST,
rue des Noyers, n° 37.